LETTRES
PORTVGAISES.

Seconde Partie.

A PARIS,
Chez CLAVDE BARBIN, au
Palais, sur le second Perron
de la Sainte Chappelle.

M. DC. LXIX.
AVEC PRIVILEGE.

AV LECTEVR.

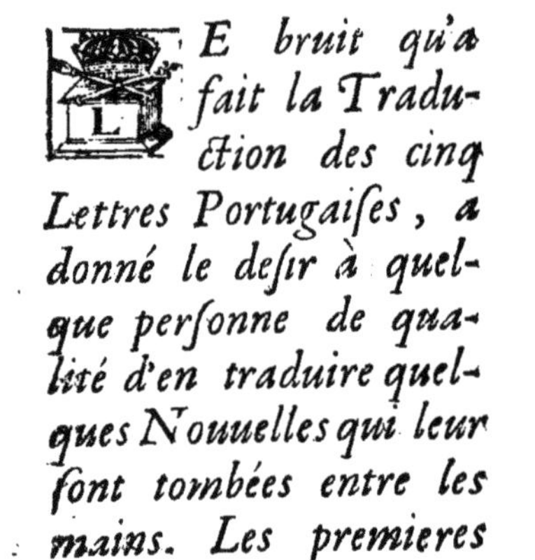

LE bruit qu'a fait la Traduction des cinq Lettres Portugaiſes, a donné le deſir à quelque perſonne de qualité d'en traduire quelques Nouuelles qui leur ſont tombées entre les mains. Les premieres ont eu tant de cours dans

le monde, que l'on deuoit apprehender auec justice, d'exposer celles-cy en Public. Mais comme elles sont d'vne **Femme du Monde**, *qui écrit d'vn style differend de celuy d'vne Religieuse, j'ay crû que cette difference pourroit plaire; & que peut-estre l'Ouurage n'est pas si desagreable, qu'on ne me sçache quelque gré de le donner au Public.*

PRE-

PREMIERE LETTRE.

IL est donc possible que vous ayez esté un moment en colere cõtre moy, & qu'avec une passion la plus tendre, & la plus délicate qui fut jamais, je vous aye donné un inſtant de chagrin. Helas ! de quel remors ne ſe-rois-je point capable ſi je manquois à la fidelité que je vous dois ; puiſque que je ne m'accuſe que d'un excés de délicateſſe, & que je ne puis me pardonner voſtre courroux. Mais pourquoy faut-il qu'il me donne ce remors ? n'ay-je pas eu raiſon de me plaindre, & n'offenſerois-je pas vôtre propre paſſion, ſi j'avois pû ſouffrir ſans murmure que vous ayez la force de me laſcher quelquechoſe. Hé! bon Dieu, je fais des reproches continuels à mon ame, de ce qu'elle ne vous découvre pas assez l'ardeur de ses mouvemens, & vous voulez me cacher tous les secrets de la vostre. Quand mes regards sont trop languissans, il me semble qu'ils ne servent que ma tendresse, & qu'ils volent quelque chofe à mon ardeur ; s'ils font trop vifs, ma langueur leur fait le mefme reproche; & avec les actions du monde les plus parlantes, je croy n'en pas affez dire, pendant que vous me faites des referves d'une bagatelle. Hà! que ce procedé m'a touchée, &

que je vous aurois fait de pitié, si vous aviez pû voir tout ce qu'il m'a fait penser. Mais pourquoy suis-je si curieuse, pourquoy veux-je lire dans une ame où je ne trouverois que de la tiedeur, & peut-estre de l'infidelité; c'est vostre honnêteté propre qui vous rend ſi reſervé, & je vous ay de l'obligation de voſtre myſtere. Vous voulez m'épargner la douleur de connoiſtre toute voſtre indifference, & vous ne diſſimulez vos ſentimens que par pitié pour ma foibleſſe. Helas! que ne m'avez-vous parû tel dans les commencemens de nôtre connoiſſance, peut-eſtre que mon cœur ſe fuſt reglé ſur le voſtre. Mais vous ne vous eſtes reſolu à m'aimer avec peu d'empreſſement, que quand vous avez reconnû que j'en avois juſques à la fureur. Ce n'eſt pourtant pas par temperammẽt, que vous eſtes ſi retenu. Vous eſtes emporté ; je l'éprouvay hier au ſoir. Mais, helas ! vôtre emportemẽt n'eſt pas fait pour le couroux, & vous n'eſtes ſenſible qu'à ce que vous croyez des outrages. Ingrat, que vous a fait l'amour, pour eſtre ſi mal partagé ; que n'employez - vous cette impetuoſité pour répondre à la mienne ? pourquoy faut-il que ces démarches précipitées ne ſe faſſent pas pour avancer les momens de nôtre félicité : & qui diroit en vous voyant ſi prompt a ſortir de ma chambre, quand le dépit vous en chasse, que vous estes si lent à y venir, quand l'amour vous y appelle. Mais je merite biẽ ce traitement; j'ay pû vous ordonner quelque chose. Est-ce à un cœur tout à vous, à entreprendre de vous donner des loix. Allez, vous avez bien fait de l'en punir, & je devrois mourir de honte, d'avoir crû estre Maistresse d'aucun de mes mouvemens. Hà! que vous sçavez bien comme il faut chastier cette espece de revolte. Vous souvient-il de la tranquillité apparente, avec laquelle vous m'offrîtes hier au ſoir de m'ayder à ne plus vous voir ; avez-vous bien pû m'offrir ce remede, ou pour mieux dire, m'avez-vous crû capable de l'accepter. Car dans la délicateſſe de mon amour, il me ſeroit bien plus douloureux de me voir ſoupçonnée d'un crime, que de vous en voir commettre un. Ie ſuis plus jalouſe de ma paſſion, que de la voſtre; & je vous pardonnerois plus aiſément une infidelité, que le ſoupçon de me la voir faire. Ouy, c'eſt de moy-meſme que je veux eſtre contente pluſtoſt que de vous. Ma tendreſſe m'eſt ſi precieuſe, & l'eſtime que je fais de vous m'y fait trouver tant de gloire, que je ne ſçay point de plus grand crime que de vo⁹ en laiſſer douter. Mais comment en douteriez-vous, tout vous le perſuade, & dans voſtre cœur & dans le mien. Vous n'avez pas une negligence qui ne vous apprenne que je vous aime jusques à l'adoration ; & l'amour m'a si bien appris l'Art de tirer du profit de toutes choses, qu'il n'y a pas jusques à la retenuë de mes caresses qui ne vous convainque de l'excés de ma passion.

N'avez-

N'avez-vous jamais remarqué cet effet de ma complaiſance. Combien de fois ay-je retenu les trãſports de ma joye à voſtre arrivée, parce qu'il me ſembloit remarquer dans vos yeux que vous me vouliez plus de moderation. Vous m'auriez fait grand tort, ſi vous n'aviez pas obſervé ma contrainte dans ces occaſions ; Car ces ſortes de ſacrifices ſont les plus penibles pour moy, que je vous aye jamais fait. Mais je ne vous les reproche point, que m'importe que je ſois parfaitement heureuſe, pourveu que ce qui manque à mon bon-heur, augmente le vostre. Si vous estiez plus empressé, j'aurois le plaisir de me croire plus aimée; mais vous n'auriez pas celuy de l'estre tant. Vous croiriez devoir quelque chose à vostre Amour, & j'ay la gloire de voir que vous ne devez rien qu'à mon inclination : N'abusez pourtant pas de cette generosité amoureuse, & n'allez pas vous aviser de la pousser jusques à m'arracher le peu d'empressement qui vous reste : au contraire, soyez genereux à vostre tour, & venez me protester que le desinteressemẽt de ma tendresse augmente la vôtre ; que je ne hazarde rien, quand je croy mettre tout au hazard ; & que vous estes aussi tendre, & aussi fidelle, que je suis tendrement & fidellement à vous.

SECONDE

LETTRE.

SAns mentir, cette Dame d'hyer au ſoir eſt bien laide, elle danſe d'un méchant air, & le Comte de Cugne avoit eu grand tort de la dépeindre comme une belle perſonne. Cõment pûtes-vous demeurer ſi longtemps auprés d'elle ; il me ſembloit à l'air de ſon viſage, que ce qu'elle vous diſoit n'eſtoit point ſpirituel. Cependãt, vous avez cauſé avec elle une partie du temps que l'aſſemblée a duré, & vous avez eu la dureté de me dire que ſa converſation ne vous avoit pas dépleû. Que vous diſoit-elle donc de ſi charmant? Vous apprenoit-elle des nouvelles de quelque Dame de France qui vous ſoit chere; ou ſi elle commençoit

mençoit à vous le devenir elle-mesme. Car il n'y a que l'amour qui puisse faire soustenir une si longue conversation. Ie ne trouvay point vos François nouveaux arrivez si agreables, j'en fus obsedée tout le soir; ils me dirent tout ce qu'ils pûrent imaginer de plus joly, & je voyois bien qu'ils l'affectoient, mais ils ne me divertirent point, & je croy que ce ſont leurs diſcours qui m'ont cauſé la migraine effroyable que j'ay euë toute la nuit; vous ne le ſçauriez point ſi je ne vous l'aprenois, vos gens ſont occupez ſans doute à aller ſçavoir comme cette heureuſe Françoiſe ſe trouve de la fatigue d'hyer au ſoir ; Car vous la fites aſſez dancer pour la faire malade. Mais qu'à-t-elle de ſi charmãt, la croyez-vous plus tendre, & plus fidelle qu'une autre, luy avez-vous trouvé une inclinatiõ plus prompte à vous vouloir du bien, que celle que je vous ay fait paroître; Non sans doute, cèla ne se peut pas. Vous sçavez bien que pour vous avoir veu passer seulement, ie perdis tout le repos de ma vie, & que sans m'arrester à mon sexe, & à ma naissance, ie courus la premiere aux occasions de vous voir une seconde fois. Si elle en a fait d'avantage, elle est à vôtre lever ce matin, & le petit Durino la trouvera sans doute assise auprés de vostre chevet Ie le souhaite pour voſtre felicité; i'aime ſi fort voſtre joye, que je conſens à la faire toute ma vie au dépens de la mienne propre; & ſi vous voulez regaler ce bel obiet de la lecture de cette Lettre, icy vous le pouvez faire ſans ſcrupule. Ce que ie vous écris ne ſera pas inutile à l'avancement de vos affaires ; i'ay un nom connû dans ce Royaume, on m'y a tousiours flatée de quelque beauté, & j'avois crû en avoir jusques au moment que vostre mépris m'a desabusée. Proposez-moy donc pour exemple à vostre nouvelle cōqueſtc , dites-luy que ie vous ayme juſques à la folie, je veux bien en tomber d'accord, & j'aime mieux contribuer à ma perte par un aveu, que de nier une paſſion ſi chere. Ouy, je vous aime mille fois plus que moy-meſme ; au moment que je vous écris, je ſuis jalouſe, je l'avouë, voſtre procedé d'hyer a mis la rage dans mon cœur, & je vous croy infidelle, puis qu'il faut vous dire tout. Mais malgré tout cela, je vous aime plus qu'on n'a jamais aimé. Ie hay la Marquiſe de Furtado, de vous avoir donné l'occaſion de voir cette nouvelle venuë ; je voudrois que la Marquiſe de Caſtro n'euſt jamais eſté, puiſque c'eſtoit à ces nopces que voꝰ deviez me donner la douleur que je reſſens, je hay celuy qui a inventé la dance ; je me hay moy-meſme, & je hay la Françoise mille fois plus que tout le reste ensemble ; mais de tant de haines differentes, aucune n'a eu l'audace d'aller jusques à vous, vous me paroissez toûjours aimable. Sous quelque forme où je vous regarde, & jusques aux pieds de cette cruelle rivale qui vient troubler toute ma félicité, je vous trouvois mille charmes qui n'ont jamais esté qu'en vous. I'étois mesme si sotte, que je ne pouvois m'empescher d'être ravie qu'on vo⁹ les trouvast cōme moy ; & bien que je sois persuadée que c'est à cette opinion que je devray peut-eſtre la perte de voſtre cœur, j'aime mieux me voir condamnée à cet abyſme de deſeſpoir, que de vous ſouhaiter une loüã-ge de moins. Mais commẽt eſt-ce que l'amour peut faire pour accorder tant de choſes oppoſées; car il eſt certain qu'on ne peut pas avoir plus de jalousie pour tout ce qui vous approche que j'en ay, & cependant j'irois au bout du monde vous chercher de nouveaux admirateurs. Ie hay cette Françoise d'vne haine si acharnée, qu'il n'y a rien de si cruel que je ne me croye capable de faire pour la détruire; & ie luy ſouhaiterois la félicité d'eſtre aimée de vous, ſi ie penſois que cet amour vous rendit plus heureux que vous ne l'êtes. Ouy, ie ſens bien que i'aime tant voſtre ioye, ie me trouve ſi heureuſe quand ie vous voy content, que s'il faloit immoler tout le plaisir de ma vie à un instant du vôtre, ie le ferois sans balancer. Pourquoy n'estes-vous pas comme cela pour moy; Hà! que si vous m'aimez autant que ie vous aime, que nous aurions de bon-heur l'vn & l'autre; vôtre

tre félicité feroit la mienne, & la vô-tre en feroit bien plus parfaite. Aucune perſonne ſur la terre n'a tant d'amour dans le cœur que i'en ay; nulle ne connoiſt ſi bien ce que vous valez, & vous me ferez mourir de pitié. Si vous eſtes capable de vous attacher à quelqu'autre, apres avoir esté accoustumé à mes manieres d'aimer croyez-moy, mon cher, vous ne sçauriez estre heureux qu'avec moy. Ie connois les autres femmes par moy-mesme, & ie sens bien que l'amour n'a fait naistre que moy sur la terre pour vous. Dequoy deviendroit toute voſtre delicateſſe, ſi elle ne trouvoit plus mon cœur pour y répondre; ces regards ſi éloquens & ſi bien entendus, feroient-ils ſecondez par d'autres yeux, comme ils le ſont par les miens. Non! cela n'eſt pas poſſible, ſeuls nous ſçavons bienaimer, & nous mourrions de chagrin l'vn & l'autre, ſi nos deux ames avoient trouvé quelque aſſortimẽt qui n'euſt pas eſté elles-meſmes.

TROISIESME

LETTRE.

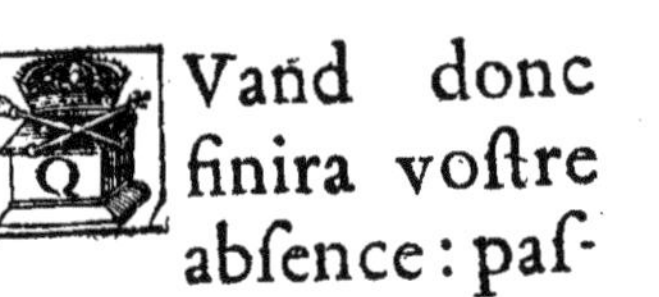

Vand donc finira voſtre abſence : paſſerez-vous encore auiourd'huy ſans revenir à Liſbonne, & ne vous ſouvenez-vous point qu'il y a desia deux iours que vous êtes party. Pourmoy, ie pense que vous avez enuie de me trouver morte à vôtre retour, & c'est moins pour accompagner le Roy à la la visite des vaisseaux, que vous avez quitté la Cour, que pour vous défendre d'vne Maîtresse incommode. En effet, je le suis au dernier point, il faut en tõber d'accord; ie ne suis jamais contente ny de vous, ny de moy-mesme. Vne absence de vingt-quatre heures me met à la mort, & ce qui seroit un excés de félicité pour une autre, n'en est pas tousiours une pour moy ; tantost il me semble que vous n'en avez pas assez, d'autrefois je vous en trouve tant que je crains de ne la pas faire toute seule, & il n'y a pas jusques à mes transports qui ne me chagrinent, quant je croy m'appercevoir que vous

ne

ne les remarquez pas aſſez bien. Vos diſtractiõs me font peur ; je voudrois vous voir tout renfermé dans vous-meſme, lors que j'y fais tout ce qui s'y paſſe ; & quand vous manquez à en ſortir pour examiner mes emportemens, vous me mettez au deſeſ-

E

poir. Ie ne ſuis pas ſage , ie l'auouë ; mais le moyen de l'eſtre , eſt d'auoir autant d'amour que i'en ay. Ie ſçay bien qu'il ſeroit de la raiſon d'eſtre en repos au moment que i'écris , vous n'eſtes qu'à deux pas de la Ville , vôtre deuoir vous y retient, & la maladie de mon frere, m'auroit empeschée de vous voir, depuis que vous estes absent ; de plus, il n'y a point de femmes où vous estes, & c'est une grande inquietude hors de mon cœur: Mais, helas! qu'il y en est resté d'autres, & qu'il est vray qu'une Amante ſe fait des tourmens de toutes choſes, quand elle aime autant que ie fais ; ces armes, ces vaiſſeaux, cet équipage de guerre vont vous deſaccouſtumer des plaiſirs pacifiques de l'amour; peut-eſtre à l'heure qu'il eſt, vous envisagez le moment de noſtre ſeparatiõ, comme vn malheur infaillible, & vous commencez à donner des raisons à vostre cœur pour l'y faire résoudre. Hà ! la veuë des plus grandes beautez de l'Europe, ne seroit pas si funeste pour moy, que celle de nos canons, s'il est vray qu'ils produiſent cet effet ſur voſtre eſprit. Ce n'eſt pas que ie veüille combattre voſtre deuoir, j'aime voſtre gloire, plus que ie ne m'aime moy-meſme, & ie ſçay bien que vous n'eſtes pas né pour paſſer tous vos iours aupres de moy : Mais ie voudrois que cette neceſſité vous donnaſt autant d'horreur qu'elle m'en donne, que vous n'y puſſiez ſonger ſans trembler, & que toute inévitable qu'une ſeparation vous doive paroiſtre, vous ne puiſſiez croire de la ſupporter ſans mourir. Ne m'accuſez pas toutefois d'aimer à voir vôtre desespoir, vous ne verserez jamais une larme que je ne voulusse essuyer. Ie seray la premiere à vous prier de supporter courageusement, ce qui m'arrachera la vie par un excez de douleur, & je ne me consolerois pas d'avoir esté au monde, ſi ie croyois que mon abſence vous laiſſaſt ſans conſolation : Que veux-je donc, je n'en ſçay rien, je veux vous aimer toute ma vie juſques à l'adoration ; je veux, s'il ſe peut, que vous m'aimiez de meſme : Mais on ne peut vouloir tout cela ſans vouloir en meſme temps eſtre la plus folle de toutes les fẽmes : Que cette folie ne vous dégoute pas de moy, ie n'en ay jamais eſté capable que pour vous, & je ne le voudrois pas la changer pour la plus ſolide ſageſſe, s'il faloit que pour eſtre ſage, vous aimer un peu moins que je ne fais. Vôtre esprit a mille charme, vous m'avez dit que vous en trouvez autant dãs le mien. Mais ie renoncerois à nous en voir à tous deux, il s'opposoit au progrés de nostre folie. C'est l'amour qui doit regner sur toutes les fonctions de nostre ame. Tout ce qui eſt en nous doit eſtre fait pour luy; & pourveu qu'il ſoit ſatisfait, il m'eſt indifferẽt que la raiſõ ſe plaigne. Avez-vous eſté de ce ſentiment depuis que je ne vous ay veu, je trẽble de peur que vous n'ayez eu toute la liberté de vôtre eſprit. Mais ſeroit-il poſſible qu'il vous en fuſt reſté en parlant d'une guerre qui doit vo⁹ éloigner de moy? Non , vous n'eſtes pas capablede cette trahiſon, vous n'aurez pas veu un Soldat qui ne vous ait arraché un ſoûpir, & j'auray le plaiſir d'entendre dire à voſtre retour, que voſtre eſprit eſt journalier, & que vous n'ē avez point eu pendant voſtre voyage. Pour moy, ie ſuis aſſurée que perſonne ne vous parlera de moy, qui ne m'accuſe de ce deffaut, ie die des extravagances qui étonnent tous ceux qui m'entendēt; & ſi la maladie de mon frere n'autoriſoit mes égaremens, on croiroit parmy mon domestique, que je suis devenuë insẽsée, il ne s'ẽfaut guere que ie ne la sois aussi; vous pouvez iuger du déreglement de mon esprit par celuy de cette Lettre; mais voila comme vous deuez m'ẽ vouloir: Les rauages que vôtre abſence a fait ſur mon viſage doiuent vous paroiſtre plus agreable que la fraiſcheur du plus beau teint, & ie me trouuerois bien horrible, ſi trois iours de la priuation de voſtre veuë ne m'auoient point enlaidie ? Que deuiendrai-ie donc, ſi ie la perds pour

ſix

ſix mois. Helas ! on ne s'appercevra point du changement de ma perſonne, car ie mourray en me ſeparant de vous. Mais il me ſemble entendre quelque bruit dans les ruës, & mon cœur m'annonce que c'eſt le bruit de voſtre retour. Hà ! mon

Dieu, ie n'en puis plus, ſi c'eſt vous qui arriuez, & que ie ne puiſſe vous voir en arriuant, ie vais mourir d'inquietude & d'impatience; & ſi vous n'arrivez pas apres l'eſperance que ie viens de conceuoir, le trouble & la reuolution des mouuemens de mon ame, vont m'oster le sentiment.

QVATRIESME LETTRE.

QVoy, vous ſerez touſiours froid & pareſſeux, & rien ne pourra troubler vôtre tranquillité; que faut-il donc faire pour l'ébranler, faut-il ſe ietter dans les bras d'un Riual à voſtre veuë ; car hors ce dernier effet d'inconſtance que mon amour ne me permettra iamais, ie croyois vous auoir deû faire apprehender tous les autres. I'ay receu la main du Duc d'Almeyda à la promenade ; j'ay affeсté d'estre auprès de luy pendant le souper. Ie l'ay regardé tendrement, toutes les fois que vous auez pû le remarquer, je luy ay mesme dit des bagatelles à l'oreille que vous pouviez prendre pour des choses d'importance, & ie n'ay pû vous faire changer de visage. Ingrat, auez-vous bien l'inhumanité d'aimer si peu une personne qui vous aime tant; mes soins, mes faueurs & ma fidelité, n'ont-ils point merité vn moment de vostre jalousie; suis-ie si peu precieuse pour celuy qui m'est plus precieux que mon repos, & que ma gloire, qu'il puiſſe enuiſager ma perte ſans frayeur. Helas ! l'ombre de la voſtre me fait trembler, vous ne jettez pas vn regard ſur vne autre femme, qui ne me cauſe vn friſſon mortel; vous n'accordez pas vne action à la ciuilité la plus indifferente, qui

qui ne me coufte vingt-quatre heures de defefpoir, & vous me voyez parler tout vn foir à vn autre à voftre veuë fans témoigner la moindre inquietude. Hà ! vous ne m'auez iamais aimée, & ie fçay trop bien comme on aime, pour croire que des fentimens ſi oppoſez aux miens, puiſſent l'appeller de l'amour? Que ne voudrois-ie point faire pour vous punir de cette froideur; il y a des momẽs où je ſuis ſi tranſportée de dépit, que ie ſouhaiterois d'en aimer vn autre. Mais quoy, au milieu de ce dépit, ie ne voy rien au monde d'aimable que vous. Hier mesme que vos tiedeurs vous ostoient mille charmes pour mes yeux, ie ne pouuois m'empescher d'admirer toutes vos actions; vos dédains avoient ie ne sçay quoy de grand, qui exprimoit le caractere de voſtre ame, & c'eſtoit de vous que ie parlois à l'oreille du Duc, tant ie ſuis peu la Maiſtreſſe des occaſions de vous offenſer ; ie mourois d'enuie de vous voir faire quelque choſe qui me fournit un pretexte de vous faire vne bruſquerie publique ; mais comment aurois-je pû vous la faire, ma colere mesme est vn excés d'amour; & dans le moment où ie suis outré de rage pour vostre tranquilité, ie sens bien que i'aurois des raisons de la deffendre, si ie ne vous aimois iusqu'au déreglement. En effet, mon frere nous obſeruoit, la moindre affecta-tion que vous euſ-ſiez témoignée de me parler, m'au-roit perduë : Mais ne pouuiez-vous auoir de la ialouſie, ſans la faire remar-quer, ie me con-nois au mouue-ment de vos yeux, & i'aurois bien veu des choſes dans vos regards, que le reste de la Compagnie n'y auroit pas veu comme moy. Helas! ie n'y vis iamais rien de tout ce que i'y cherchois; i'auoüe que i'y trouuay de l'amour; mais estoit-ce de l'amour qui deuoit y estre en ce temps-là; il faloit y trouuer du dépit &

de la rage, il faloit me contredire ſur tout ce que ie diſois, me trouuer l'aide, cajoller vne autre Dame à ma veuë; enfin il falloit eſtre ialoux, puiſque vous auez des ſuiets apparens de l'eſtre. Mais au lieu de ces effets naturels d'vn veritable amour, vous me dõnaſtes mille loüanges, vous prêtaſtes la meſme main que i'auois donnéau Duc, cõme ſi elle n'auoit pas dû vous faire horreur ; & je vis l'heure que vous alliez me feliciter ſur ce que le plus honneſte homme de noſtre Cour s'étoit attaché auprés de moy. Inſenſible que vous eſtes, eſt-ce comme cela qu'on aime, & eſtes-vous aimé de moy de cette ſorte. Ah! ſi ie vous auois crû ſi tiede, auant que de vous aimer comme ie fais: mais quoy, quand i'aurois pû voir tout ce que ie voy, & plus encore, s'il ſe peut, ie n'aurois pû resister au penchãt de vous aimer, ç'a esté vne violence d'inclination dont ie n'ay pas esté la Maistresse ; & puis quand ie songe aux momens de plaisirs que cette passion m'a causée, ie ne puis me repentir de l'auoir conceuë. Que ne ferois-ie point ſi i'eſtois contente de vous, puiſque ie ſuis ſi tranſportée d'amour, dans les temps où j'ay le plus de ſuiet de m'en plaindre; mais vous en ſçauez les differences, vous m'avez veu ſatisfaite, vous m'avez veu mécontente, je vous ay rendu des graces, je vous ay fait des plaintes, & dans la colere comme dans la reconnoiſſance, vous m'avez toûjours veu la plus paſſionnée de toutes les Amantes ; un ſi beau caracte-re ne vous donnera-t-il point d'émulation? Aimez, mon cher Inſenſible, aimez autant que vous eſtes aimé, il n'y a de plaiſir veritable pour l'ame que dans l'amour, l'excez de la joye naiſt de l'excez de la paſſion, & la tiedeur fait plus de tort aux gens qui en ſont capables, qu'à ceux contre qui elle agit. Hà! ſi vous aviez bien éprouvé ce que c'eſt qu'un veritable trãſport amoureux ; Combien porteriez-vous d'ẽuie à ceux qui le reſſentent. Ie ne voudrois pas pour vôtre cœur meſme eſtre capable de vôtre tranquillité, ie ſuis ialouſe de mes tranſports, comme du plus grand bien que i'aye iamais poſſedé, & i'aymerois mieux eſtre condamnée à ne vous voir de ma vie, qu'à vous voir ſans emportement.

CIN-

CINQVIESME LETTRE.

EST-ce pour éprouuer ma docilité que vous m'écrivez comme vous faites, ou s'il est possible que vous pensiez tout ce que vous me mandez, pour me croire capable d'en aimer vn autre : patience, bien que cette opinion bleſſe mortellemẽt ma délicateſſe, je l'ay ſouuent euë de vous, moy qui vous aime plus qu'õ n'a iamais aimé. Mais de croire cette infidelité conſommée, de me dire des iniures, & de vouloir me perſuader que ie ne vous verray iamais ; Hà! c'eſt là ce que ie ne ſçaurois ſupporter. I'ay eſté jalouſe, & quand on aime parfaitement on n'eſt point ſans jalouſie ; mais je n'ay jamais eſté brutale, ie n'ay iamais perdu voſtre idée de veuë, & dans le plus fort de mon dépit, je me suis tousiours souuenuë que vous estiez celuy que je soupçonnois. Hà! que ie voy de deffaut dans vostre passion, que vous sçauez mal aimer, & qu'il est aisé de cõceuoir que vous n'auez point d'amour dans le cœur, puisque tout ce

que vous laiſſez é-
chaper ſans eſtude,
eſt ſi peu digne du
nõ d'amour. Quoy,
ce cœur que j'ay
acheté de tout le
mien, ce cœur que
tant de tranſports
& tant de fidelité
m'ont fait meriter,
& que vous m'auez
aſſuré que ie poſſe-
dois, eſt capable de
m'offenſer de cette

ſorte. Ses premiers mouuemens ſont des iniures , & quand vous le laiſſez agir ſur ſa foy, il ne m'exprime que des outrages. Allez , Ingrat que vous eſtes; ie veux vous laiſſer vos ſoupçõs pour vous punir de les auoir conceus ; il vous deuoit eſtre aſſez doux de me croire tendre & fidelle, pour faire vostre tourmẽt d'en douter ; il me seroit aisé de vous guerir, & la liberté de vous offenser ne m'est que trop interdite pour mon repos. Mais ie veux vous laisser vne erreur qui me vange, & si vous en croyez mõ reſſentiment, toutes vos coniectures ſont iuſtes, & ie ſuis la plus Infidelle de toutes les femmes. Ie n'ay pourtant point veu l'hõme qui cauſe vôtre ialouſie; la Lettre qu'on pretend eſtre de moy n'en eſt pas, & il n'y a point d'épreuue où ie ne puſſe me ſoûmettre

mettre ſans crainte, s'il me plaiſoit de vous donner cette ſatisfaction. Mais pourquoy vous la donnerois-je, eſt-ce par des inuectiues qu'on l'obtient, & n'auriez-vous pas ſuiet de me croire auſſi laſche que vous me dépeignez, ſi vous deniez ma iuſtification à vos menaces? Vous ne me verrez plus, dites-vous, vous ſortez de Lisbonne de peur d'être aſſez mal-heureux pour me rencontrer, & vous poignarderiez le meilleur de vos amis, s'il vous faiſoit la trahiſon de vous amener chez moy. Cruel! que vous a donc fait ma veuë, pour vous être si insupportable? Elle ne vous a jamais annoncé que des plaisirs, vous n'auez jamais rencontré dans mes yeux, que de l'amour, & de l'empressement de vous le témoigner; est-ce là dequoy vous obliger à quitter

Lisbonne pour ne plus me voir ? Ne partez point si vous n'auez que cette raison qui vous y oblige , je vous épargneray la peine de m'éuiter ; aussi bien c'est à moy à fuir & non pas à vous. Ma veuë ne vous a cousté que l'indulgence de vous laiſſer aimer, & la voſtre me couſte toute la gloire, & tout le repos de ma vie. I'auouë qu'elle en a ſouuent fait la joye auſſi. Quand ie me repreſente l'émotion ſecrete que ie reſſentois, lors que je croyois diſcerner vos pas dans vne promenade; la dou-

ce langueur qui s'é-
paroit de tous mes
ſens, quand je ren-
controis vos re-
gards, & le tranſ-
port inexprimable
de mon ame, lors
que nous auions la
liberté d'un momẽt
d'entretien. Ie ne
ſçay comme j'ay pû
viure auant que de
vous voir, & com-
ment ie viuray,

quand ie ne vous verray plus. Mais vous auez deû ſentir ce que j'ay ſenty; vous eſtiez aimé, & vous diſiez que vous aimiez, & cependant vous eſtes le premier à me propoſer de ne me voir plus. Ha ! vous ſerez ſatisfait, & ie ne vous verray de ma vie : I'aurois pourtant vn plaisir extrême à vous reprocher vostre ingratitude, & il me semble que ma vengeance seroit plus entiere, si mes yeux & toutes mes actions vous confirmoient mon innocence. Elle est si parfaite, & le mensonge qu'on vous a fait, si aisé à détruire, que vous ne pourriez me parler vn quart-d'heure ſans eſtre perſuadé de voſtre injuſtice, & ſans mourir de regret de l'auoir cõmiſe. Cette penſée m'a deſia ſollicitée deux ou trois fois de courir chez vous ; ie ne ſçay même ſi elle ne m'y cõduira point mal-gré moy, auant la fin de la journée; car mon dépit eſt aſſez violent pour m'oſter la raiſon: Mais ie m'eſtois fait vne ſi douce habitude de vous eſtudier, que ie crains de vous déplaire par cét éclat. Ie vous ay touſiours veu pratiquer vne diſcretion ſans égale ; vous auez eu plus de ſoin de ma reputation que moy-meſme , & vous auez quelque-fois porté vos precautions juſques à me forcer de m'en plaindre. Que diriez-vous ſi ie faiſois quelque choſe qui découuriſt nôtre Intrigue, & qui me ſcandaliſaſt parmy les gens d'honneur? Vous auriez du mépris pour moy, & ie mourrois ſi ie vous en croyois capable: Car quoy qu'il arriue, ie veux toûjours eſtre eſtimée de vous. Plaignez-vous, dites-moy des injures, faites-moy des trahiſons, haïſſez-moy, puiſque vous le pouuez, mais ne me méprisez iamais. Ie puis viure ſans voſtre amour, dés l'inſtant que cét amour ne ſera plus voſtre felicité ; mais ie ne puis viure ſans vôtre eſtime , & ie croy que c'eſt par cette raiſonque j'ay tant d'impatience de vous voir : Car il n'eſt pas poſſible que ce ſoit par vn effet de tendreſſe; ie ſerois bien inſenſée d'aimervn homme qui me traite comme vous me traitez. Cependát, à bien prendre vôtre colere, ce n'eſt qu'vn excez de paſſion qui la cauſe, vous ne ſeriez pas ſi tranſporté ſi vous eſtiez moins amoureux. Ha ! que ne puis-je me perſuader cette verité, que les outrages que vous m'auez faits me ſeroient chers. Mais non, ie ne veux point me flatter de cette erreur agreable, vous eſtes coupable ; quand vous ne le ſeriez pas, ie veux le croire, afin de vous punir de me l'auoir laiſſé penſer. Ie n'iray d'aujourd'huy dans aucun lieu où vous puiſſiez me voir ; je paſſeray l'apres-midy chez la Marquiſe de Cattro qui eſt malade, & que vous ne voyez point. Enfin, ie veux eſtre en colere, & voicy la der-

niere

niere Lettre que vous verrez iamais de moy.

SIXIESME

LETTRE.

EST-ce biē moy-mesme qui vo' écris ; estes-vous celuy que vous estiez autrefois ; par quel prodige m'auez-vous marqué de l'amour sans me donner de la joye? Ie vous ay veu de l'empreſſement, & des dépits impatiens : I'ay leû dans vos yeux ces meſmes deſirs, où vous m'auez touſiours trouuée ſi ſenſible? Ils eſtoient auſſi ardens, que quand ils faiſoient toute ma felicité ; ie ſuis auſſi tendre & auſſi fidellé que ie la fus iamais, & cependant ie me trouue tiede & nonchalante. Il ſemble que vous n'ayez fait qu'vne illuſion à mes ſens, qui n'a pû paſſer juſqu'à mon cœur. Ha ! que les reproches que vous vous eſtes attiré me coutent cher, & qu'vn iour de voſtre negligence me dérobe de tranſports. Ie ne ſçay quel Demon ſecret m'inſpire sãs ceſſe, que c'eſt à ma colere que ie dois vos tendreſſes, & qu'il y a plus de politique que de ſincerité dans les ſentimens que vous m'auez fait paroître. Sans mentir, la delicateſſe eſt vn don de l'amour, qui n'eſt pas touſiours auſſi precieux qu'ō ſe le perſuade. I'a-uouë qu'elle aſſai-ſonne les plaiſirs, mais elle aigrit ter-riblement les dou-leurs. Ie m'imagine touſiours vous voir dans cette diſtra-ction qui m'a cauſé tant de ſoûpirs. Ne vous y trompez pas, mon cher, vos empreſſemens font toute ma felicité: mais ils feroient toute ma rage, ſi ie croyois les deuoir à quelqu'autre choſe, qu'au mouuement naturel de voſtre cœur. Ie crains l'étude des actions, beaucoup plus que la froideur du temperament, & l'exterieur eſt pour les ames groſſieres vn piege où les ames delicates ne peuvẽt eſtre ſurpriſes. Vo⁹ diray-je toutes mes manies là-deſſus? Ce fut hier l'excez de voſtre emportement, qui fit naiſtre tous mes ſoupçons: vous me sembliez hors de vous, & ie vous cherchois à trauers de tout ce quevous paroiſſiez. O Dieu ! que ferois-je deuenuë ſi j'auois pû vous conuaincre de diſſimulation ? ie prefere voſtre paſſion à ma fortune, à ma gloire, & à ma vie ; mais ie ſupporterois plus aiſément les aſſeurances de voſtre haine, que les fauſſes apparences de voſtre amour. Ce n'eſt point au dehors que ie m'arreſte ; c'eſt aux ſentimens de l'ame, ſoyez froid, ſoyez negligent, ſoyez meſme leger ſi vous le pouuez ; mais ne ſoyez iamais diſſimulé. La trahiſon eſt le plus grand crime qu'on puiſſe commettre contre l'amour ; & ie vous pardonnerois plus volontiers vne infidelité, que le ſoin que vous prendriez à me la déguiſer. Vous me diſtes hier au ſoir de grandes choſes, & j'aurois ſouhaité que vous euſſiez pû vous voir vous-meſme dans ce moment, comme ie vous voyois. Vous vous ſeriez trouué tout autre qu'à vôtre ordinaire. Vôtre air eſtoit encore plus grand qu'il ne l'eſt naturellement : Voſtre paſſion brilloit dás vos yeux, & elle les rendoit plus tendres & plus perçans : Ie voyois que voſtre cœur venoit ſur vos lévres. Helas ! que ie ſuis heureuſe, il n'y venoit point à faux ; Car enfin ie ne vous sẽs que trop, & il n'eſt guere en mon pouuoir de vous ſentir moins. Le plaiſir d'aimer de toute mon ame, eſt vn bien que ie tiens de vous ; mais il ne vo⁹ eſt plus poſſible de me le rauir, ie connois bien que ie vo⁹ aymeray tousiours mal-gré moy, & ie suis seure que ie vous aymeray mesme mal-gré vous. Voila des asseurances dangereuses ; mais quoy ! vous n'auez pas vn cœur qu'il faille retenir par la crainte, & ie ne croirois vostre conqueste guere asſeurée, ſi ie ne la conſeruois que par là. L'honneſteté & la reconnoiſſance sõt comptées pour quelque choſe dans l'amitié ; mais elles ne tiennent pas lieu beaucoup dans l'amour. Il faut ſuiure ſon cœur ſans conſulter ſa raiſon. La veuë de ce qu'on ayme enleue l'ame mal-gré qu'on en ait, au moins ſçay-je bien que voila comme ie ſuis pour vous. Ce n'eſt ny l'habitude de vous voir, ny la crainte de vous faſcher en ne vous voyant pas, qui m'oblige à rechercher voſtre veuë, c'eſt vne auidité curieuſe qui part du cœur ſans art & ſans reflectiō. Ie vo⁹ cherche ſouuēt en des lieux où ie ſuis aſſurée que ie ne vous trouueray pas. Si vous eſtes comme cela pour moy, ſans doute que l'inſtinct de nos cœurs fera qu'ils ſe rencontreront par tout. Ie ſuis forcée de paſſer la meilleure partie du iour dans vn lieu où vous ne pouuez vous trouuer. Mais abandonnons-nous à noſtre paſſion ; laiſſons-nous guider à nos deſirs, & vous verrez que nous ne laiſſerons pas de paſſer agreablement le temps que nous ne pouuons eſtre enſemble.

SEPTIESME

LETTRE.

NE tenons pas nos ſermens, mon cher, ie vous prie, il couſte trop de les obſeruer, voyons-nous, & que ce ſoit, s'il ſe peut, tout à l'heure.

Vous m'auez ſoupçonnée d'infidelité ; vous m'auez exprimé ces ſoupçons d'vne maniere outrageante , mais ie vous ayme plus que moy-meſme , & ie ne puis viure ſans vous voir. A quoy bon de nous faire des abſences volontaires , n'en auons-nous pas aſſez d'inéuitables à éprouuer: Venez rendre toute la joye à mon ame par vn moment d'entretien en liberté. Vous me mandez que vous ne voulez me voir que pour me demander pardon; Ah! venez, quand ce ſeroit pour me dire des injures; venez, ie vous en conjure, j'ayme mieux voir vos yeux irritez, que de ne les point voir du tout. Mais, helas ! ie ne hazarde guere, quand ie laiſſe ce choix dans vôtre diſpoſition : Ie ſçay que ie les verray tendres & brûlans d'amour, ils m'ont deſia paru tels ce matin à l'Egliſe, j'y ay leu la confuſion de voſtre credulité, & vous auez deû voir dans les miens des aſſeurances de voſtre pardon. Ne parlons plus de cette querelle; ou ſi nous en parlons, que ce ſoit pour en éuiter vne pareille à l'auenir. Comment pourrions-nous douter de noſtre amour, nous ne ſommes au monde que pour luy? Ie n'aurois iamais eu le cœur que j'ay, s'il n'auoit deû eſtre plein de voſtre idée; vous n'auriez pas l'ame que vous auez, ſi vous n'auiez pas deû m'aymer; & ce n'eſt que pour vous aymer autant que vous eſtes aymable,

mable, & que pour m'aimer autant que vous eſtes aymé, que le Ciel nous a fait ſi capables d'amour l'vn & l'autre. Mais dites-moy, de grace, auez-vous ſenty tout ce que j'ay ſenty, depuis que nous feignons de nous vouloir du mal? Car nous ne nous en ſommes iamais voulu ; nous n'en auons pas la force , & noſtre Eſtoile eſt plus puiſſante que tous les dépits. Grand Dieu ! que j'ay trouué cette feinte penible, que mes yeux ſe ſont faits de violence quand ils vous ont déguiſé leurs mouuemens , & qu'il faut eſtre ennemy de ſoy-meſme, pour ſe dérober vn moment de bonne intelligence, quand on s'aime comme nous nous aymons ! Mes pas me portoient malgré moy où ie deuois vous rencontrer; mon cœur qui s'eſt fait vne habitude ſi douce d'épanchemens à vôtre rencontre, cherchoit mes yeux pour les répandre: & comme ie m'efforçois de les luy refuser, il me donnoit des élans secrets qui ne peuuent estre compris que par ceux qui les ont éprouuez. Il me semble que vous auez esté tout de mesme, ie vous ay trouué dans des lieux où le hazard ne pouuoit vous conduire ; & s'il faut vous confier toutes mes vanitez, ie n'ay iamais remarqué tant d'amour dans vos regards, que depuis que vous affectez de n'en plus laisser voir. Qu'on est insensé de se donner toutes ces gênes !

Mais pluſtoſt qu'on fait bien, de ſe montrer ainſi ſon ame toute entiere. Ie connoiſſois toute la tendreſſe de la vôtre, & j'aurois diſtingué ſes mouuemens amoureux entre ceux de toutes les autres ames; mais ie ne connoiſſois ny voſtre colere, ny voſtre fierté.

Ie ſçauois bien que vous eſtiez capable de jalouſie, puiſque vous aymiez ; mais ie ne connoiſſois point le caractere que cette paſſion prenoit dans voſtre cœur. Sçauroit eſté vne trahiſon, que de m'en laiſſer douter plus lõg-temps ; & ie ne puis m'empeſcher de vouloir du bien à voſtre injuſtice, puiſqu'elle m'a fait faire vne découuerte ſi importante. Ie vous auois voulu jaloux, ie vous l'ay trouué; mais renoncez à vôtre jalouſie, comme ie renonce à ma curioſité. Quelque figure que prenne vn Amant, il n'y en a point de ſi auantageuſe

geuſe pour luy, que celle d'vn Amant heureux. C'eſt vne grande erreur que de dire qu'vn Amãt eſt ſot quand il eſt content, ceux qui ne ſont pas aymables ſous cette forme, le ſeroient encore moins ſous vne autre; & quand on n'a pas aſſez de delicateſſe pour profiter du caractere d'vn Amant satisfait, c'est la faute du cœur, & non pas celle de la felicité. Hastez-vous de venir me confirmer cette verité, mon cher, ie vous en prie. Ie ne serois pas si peu delicate que d'en retarder l'instant par vne si longue Lettre, si ie ne ſçauois que vous ne pouuez me voir à l'heure que ie vous écris. Quelque plaiſir que ie trouue à vous entretenir de cette ſorte, ie ſçay bien luy preferer celuy d'vn autre entretien, il n'y a que moy qui gouſte le plaiſir de vous écrire, & vous partagez celuy de me voir. Mais quoy? ie ne puis auoir l'vn qu'auec des ménagemens de bienſeance, & j'ay l'autre quand il me plaiſt. Preſentemẽt que tous les gens de noſtre maiſon repoſent, & ſe croyent peut-eſtre heureux de bien repoſer; ie jouïs d'vn bon-heur que le repos le plus profond ne ſçauroit me donner. Ie vous écris, mon cœur vous parle, comme ſi vous deuiez luy répondre, il vous immole ſes veilles auec ſon impatience. Ah ! qu'on eſt heureux quand on aime parfaitement, & que ie plains ceux qui languiſſent dans l'oiſiueté, qui naiſt de la liberté. Bon jour, mon cher, le jour commence à paroiſtre, il auroit paru bien plûtoſt qu'à l'ordinaire, s'il auoit conſulté mon impatience : mais il n'eſt pas amoureux cõme nous, il faut luy pardonner ſa lenteur, & tafcher à la trõper par quelques heures de sõmeil, afin de la trouuer moins infupportable.

FIN.

Extrait du Priuilege du Roy.

PAR Grace & Priuilege du Roy, donné à Paris le 28. jour d'Octobr[illegible] [illegible]. Signé par le Roy en fon Confeil, MARGERET. Il eft permis à CLAVDE BARBIN, Marchand Libraire, de faire imprimer vn Liure intitulé, *Lettres Portugaifes*, pendant le temps & efpace de *cinq* années; Et deffenses sont faites à tous autres de l'Imprimer, sur peine de quinze cens liures d'amande, de tous dépens, dommages & interests, comme il est plus amplement porté par lesdites Lettres de Priuilege.

Acheué d'imprimer pour la premiere fois le vingtiéme Aoust 1669.

Les Exemplaires ont esté fournis.

Registré sur le Liure de la Communauté des Imprimeurs & Marchands Libraires de cette Ville, suiuant & conformément à l'Arrest de la Cour de Parlement du 8. Auril 1653. aux charges & conditions portées par le present Priuilege. Fait à Paris le dix sept Nouembre 1668.

A. SOVBRON, Syndic.

www.ingramcontent.com/pod-product-compliance
Ingram Content Group UK Ltd.
Pitfield, Milton Keynes, MK11 3LW, UK
UKHW021046230726
13926UKWH00004B/1677